COMMENT ÇA VA?

Titre original : *How do you Doodle?*
ISBN : 978-1-4431-5428-4

Édition publiée par les Éditions Scholastic, 604, rue King Ouest, Toronto (Ontario) M5V 1E1, Canada, avec la permission de Magination Press.

10 9 8 7 6 Imprimé au Canada 139 24 25 26 27 28

MIXTE
Papier issu de sources responsables
FSC® C103567
www.fsc.org

COMMENT ÇA VA?

DESSINONS NOS ÉMOTIONS!

Elise Gravel

Texte français du Groupe Syntagme inc.

Éditions SCHOLASTIC

QU'YA-T-ÎL À L'INTÉRIEUR ?

Cher LECTEUR
Chère LECTRICE

Dis donc! Aimes-tu les jeux? Aimes-tu jouer aux gribouillis? Attends... Sais-tu ce que c'est, un gribouillis? (Pour le savoir, va au bas de la page.)

Voici un livre pour gribouiller, griffonner et crayonner tout ce qui te passe par la tête et pour exprimer les émotions que tu ressens. Tu pourras dire à tes parents que tu travailles fort à mieux TE CONNAÎTRE. Explique-leur que tu veux apprendre à t'exprimer tout en créant et que tu veux reconnaître tes émotions et les comprendre. Tes parents seront très impressionnés et emballés par cette idée. N'oublie pas de leur dire, d'accord?

Tu trouveras dans ce livre plein de pages remplies de jeux de gribouillis. Certains jeux te permettront de savoir **ce que tu ressens**. Ils t'obligeront à prêter attention aux sentiments qui t'habitent et à les illustrer!

D'autres jeux consistent à **nommer ton émotion**. C'est une façon amusante de reconnaître les émotions que tu ressens comme la joie, la tristesse, l'inquiétude ou la colère.

Tu trouveras aussi des jeux de gribouillis pour répondre à la question : **Comment te sens-tu quand...?** Tu devras imaginer une situation et expliquer, en gribouillant, comment tu réagirais, comment tu te sentirais ou de quoi tu aurais l'air si la situation imaginaire se réalisait.

Tu trouveras dans ces pages plus de 40 jeux géniaux! Essaie de commencer par le début et de faire les jeux dans l'ordre. Tu peux bien sûr en sauter quelques-uns ou faire une pause pendant un jeu et le finir plus tard. Il n'est pas toujours facile de parler de ses pensées, de ses émotions et de ses sentiments, mais un enfant qui peut s'exprimer par des gribouillis se sent souvent mieux après. Si tu préfères, tu peux aborder la question avec tes parents ou un autre adulte en qui tu as confiance.

Tu dois savoir une chose très importante au sujet de ce livre : c'est toi l'auteur, et ce sont tes gribouillages! Tu peux griffonner absolument n'importe quoi. C'est TON livre!

Alors, à tes crayons : un, deux, trois, gribouille!

Un gribouillis, c'est un dessin, mais un dessin particulier. C'est comme s'il se faisait tout seul! Autrement dit, c'est un dessin que tu fais sans trop y penser, en laissant ta main courir sur le papier. Disons par exemple que tu parles au téléphone; sans y prêter attention, tu te mets à dessiner des spirales, des cercles, des points ou des lapins. Parfois, pendant que tu fais ton devoir de maths, ton cerveau fait une pause; tout d'un coup, tu te rends compte que tu es en train de gribouiller! En fait, bien des gens pensent qu'un gribouillis, c'est tout le contraire d'un dessin, parce qu'il ne représente rien de précis. Il n'en reste pas moins que les gribouillages reflètent ton état d'esprit. Ils expriment tes émotions et dévoilent ce que tu ressens. C'est fou, non?

INTRO

Ce livre t'appartient. Fais-en ce que tu veux! Dessine ou écris tout ce qui te chante.

Tu peux faire des dessins tout mignons,

des dessins farfelus

ou des dessins carrément affreux.

Tu peux cacher ton livre
quelque part dans ta chambre

ou bien le montrer à ta famille
et à tes amis.

Tu peux t'en servir de
plein de façons différentes!

Il est à toi!

Je m'appelle Otti.
Moi, c'est Ugga.
Et je m'appelle Flibb!
On adore gribouiller. On gribouille tout le temps!
On gribouille quand on est fâchés, on gribouille quand on est heureux, on gribouille aussi quand on est tristes.
On va te montrer nos gribouillis, tu pourras nous montrer les tiens.

Pour commencer, fais ton portrait en imaginant que tu es un

DRÔLE D'EXTRATERRESTRE

Quel serait ton nom d'extraterrestre rigolo?

CRAYONS EN LIBERTÉ

Le mien est
énervé.

Comment se sent ton crayon aujourd'hui?

REGARDE À L'INTÉRIEUR DE TOI

Quand je suis en colère ou que quelque chose m'inquiète ou m'énerve, mon verre d'eau est agité.

DESSINE L'EAU DANS TON VERRE

L'eau est-elle calme et transparente aujourd'hui?

Est-ce qu'elle est trouble et agitée?

UN VERRE PLEIN D'ÉMOTIONS

Encercle les émotions que tu trouves agréables. Fais un X sur celles qui te déplaisent.

heureux

agacé

excité

effrayé

énervé

triste

honteux

inquiet

perplexe

maussade

seul

frustré

joyeux

fier

LE LANGAGE DU CORPS

Il se sent

Elle se sent

Il se sent

GRIBOUILLE TA JOURNÉE !

LAISSE PARLER TON CORPS

Comment TON corps se sent-il aujourd'hui? Dessine-toi ici.

HEUREUX

jouer avec Flibb

aller à une fête d'anniversaire

faire un pique-nique

Dessine des bulles de savon.
À l'intérieur, dessine ou décris ce qui
te rend heureux.

RECETTE D'UNE BELLE JOURNÉE

Quels sont les ingrédients d'une belle journée? Trouvons-les et mettons-les dans ce grand bol!

Moi, il me faut du pepperoni!

Et pourquoi pas de la musique?

TROP EXCITÉ

Je suis vraiment TROP EXCITÉ. Je n'arrive pas à dormir! Je suis comme une balle qui rebondit partout.

Dessine des balles REBONDISSANTES sur toute la page.

TOUT DOUX, LES CRAYONS!

Avec ton crayon, trace une ligne continue. Dessine sans t'arrêter! Pendant que tu dessines ta ligne, inspire et expire lentement et profondément. Ton crayon est-il plus calme?

Chut...
Mon crayon s'est endormi!

J'AI PEUR

Qu'est-ce qui te fait peur?
Je n'aime pas les araignées. Elles me font peur.
Moi, j'ai peur des enfants!

Dans cette bouteille, dessine ou décris avec des mots des choses qui t'effraient.

Ensuite, dessine un gros bouchon de liège pour fermer la bouteille et emprisonner tes peurs. Bien fait pour elles!

UN CAUCHEMAR

Otti fait un cauchemar.
As-tu déjà fait des cauchemars?
Qu'est-ce qui arrivait de terrifiant?
Dessine-le à côté.

ÇA M'AGACE !

Voici quelques trucs qui m'agacent :
Ne pas pouvoir manger quand ça me tente,
la pluie,
les moustiques.
J'aimerais bien me débarrasser de tout ça.

Mets tout ce qui t'agace dans cette grosse poubelle. Ensuite, dessine un gros couvercle bien lourd!

Est-ce qu'il t'arrive de souhaiter pouvoir faire disparaître tout ce qui t'agace? Et s'il était possible de tout mettre sur la feuille, puis de la faire disparaître.

Sur la page à côté, dessine ou décris des choses agaçantes. Ensuite, arrache la page, fais-en une boule et jette-la dans le bac de recyclage!

Lettre agaçante à personne

Voici une liste des choses qui m'agacent :

DÉCOUPEZ ICI →

À CHIFFONNER
ET JETER DANS LE
BAC DE RECYCLAGE

RECYCLAGACEMENT
Adieu, choses agaçantes!
Ne revenez plus!

EN COLÈRE

Il y a des choses qui m'agacent tellement que je me mets en COLÈRE.
Comme les menteurs et les voleurs.
Regarde ce que je fais aux voleurs!
Hé!

Avec un crayon noir, barbouille tout ce qui te met en colère. Tu peux en dessiner d'autres!

Les brutes

Les gens qui n'attendent pas leur tour

Les punitions injustes

TRISTE

Il m'arrive d'être TRISTE. La tristesse me remplit peu à peu, comme de l'eau.
On dirait que toute cette eau cherche à sortir par mes yeux, sous forme de larmes.

Avec un crayon bleu, dessine la tristesse qui te remplit. Si tu as envie de pleurer, dessine des larmes bleues autour de tes yeux.

TRISTES SOUVENIRS

Te souviens-tu des fois où tu as été triste?
Fais un dessin de ce qui t'a rendu triste.

J'étais triste quand mon ami Ops a déménagé sur une autre planète.

QUELLE honte!

J'ai cassé la boîte à musique d'Ugga. Oh là là! J'ai HONTE! J'aimerais bien que ce ne soit jamais arrivé. J'ai les joues en feu.

As-tu déjà éprouvé de la honte? Comment te sentais-tu?

Fais un portrait de toi-même avec les joues toutes rouges. Explique ce qui s'est passé.

J'avais vraiment honte, parce que

INQUIET

Parfois, je suis inquiet. Je ne peux pas m'empêcher de penser à des choses qui me font peur. J'ai l'estomac noué.
Je n'aime pas ma coupe de cheveux : est-ce que les autres vont rire de moi?
Test de maths demain : et si je ne réussis pas?
Essais au soccer : et si on ne me prend pas dans l'équipe?

T'arrive-t-il d'être inquiet? Dessine un gros nœud dans ton estomac. À côté, décris les choses qui t'inquiètent.

CHOSES QUI M'INQUIÈTENT :

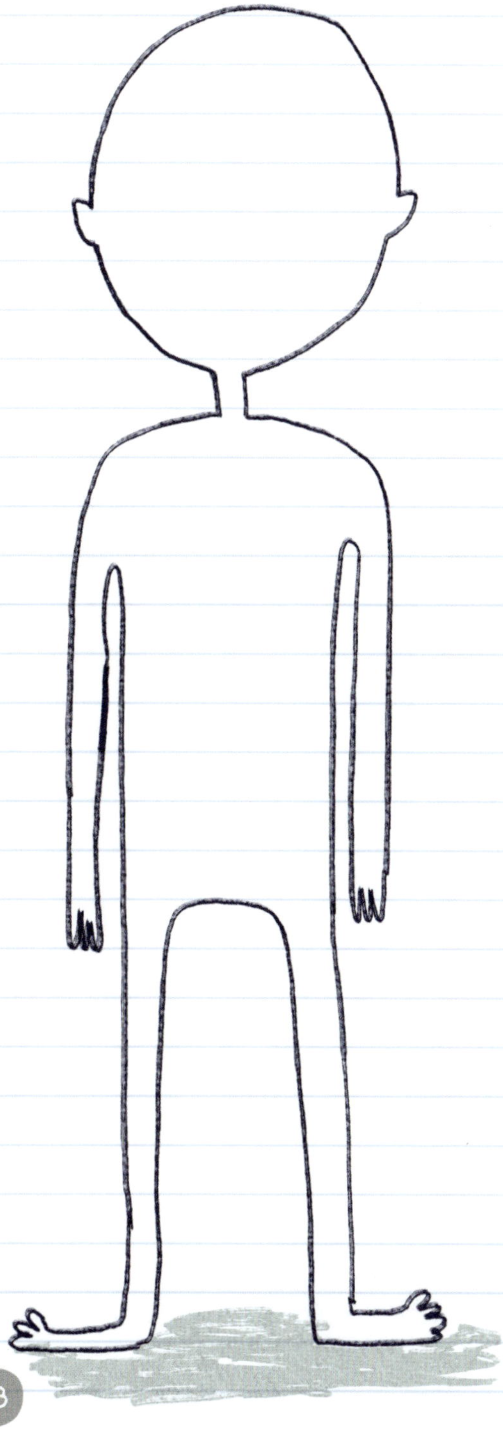

TOUT SEUL

Je déteste quand personne ne veut jouer avec moi. Même avec mes amis, j'ai parfois l'impression d'être à part.

Fais un portrait de toi quand tu te sens seul.

rempli de Joie

J'adore mon petit chien! Quand je le serre dans mes bras, je suis au comble de la joie! À l'intérieur de moi, c'est l'harmonie.

Dans les cadres, dessine des choses ou des gens qui te remplissent de joie.

FRUSTRÉ

C'est une petite bête frustrée.

TA BIBITTE FRUSTRÉE :

Pourquoi est-elle frustrée? ______________________

Qu'est-ce que tu voudrais faire, mais que tu ne réussis pas à accomplir? ______________________

FIER

Je fais du vélo! Regardez-moi! Je fais du vélo!
Otti est FIER de lui.
Il est content de savoir faire du vélo.

Dessine quelque chose qui
te remplit de fierté.

TOUTES SORTES D'ÉMOTIONS

Voici d'autres ÉMOTIONS que tu connais peut-être déjà. Dessine un bonhomme sourire pour les émotions agréables et un bonhomme triste à côté de celles qui le sont moins.

MAUSSADE

Je m'ennuie quand je ne sais pas quoi faire ou quand je dois faire quelque chose qui ne m'intéresse pas. Et toi, qu'est-ce qui te rend maussade?

NERVEUX

Il m'arrive d'être nerveux quand je ne sais pas à quoi m'attendre ou quand je suis sur le point de faire quelque chose de difficile, comme passer un examen ou jouer dans une pièce de théâtre. Et toi, quand deviens-tu nerveux?

CALME

Quand je suis calme, toutes mes émotions le sont aussi. Mon corps est détendu, j'ai l'esprit clair. Et TOI, que ressens-tu quand tu es calme?

EMBROUILLÉ

Parfois, je ressens toutes sortes d'émotions différentes en même temps. Je suis embrouillé!
En colère
Excité
Honteux
Minute! Pas tout en même temps!

Et si on mélangeait toutes sortes d'émotions dans un grand chaudron.
JOYEUX
FIER

Beurk! Ce mélange a un drôle de goût!

TOUT EN COULEURS!

Imaginons que les émotions ont chacune leur couleur. Quelle couleur donnerais-tu à tes émotions?

Ma colère est ROUGE!

Ma peur est VERTE!

Ma joie est ROSE!

À toi de jouer!
Colorie ces émotions.

tristesse

excitation

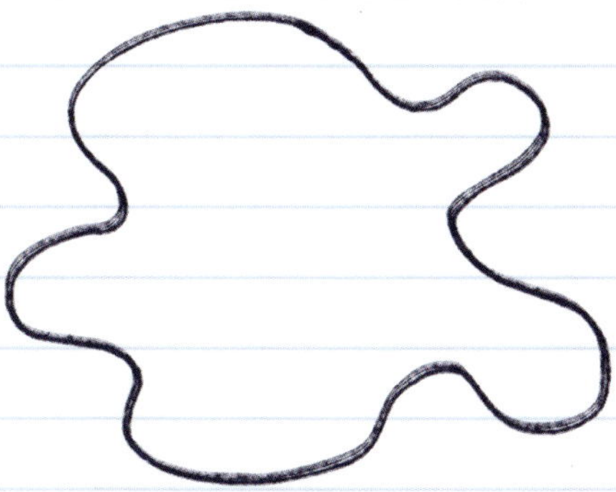

frustration

joie

des VISAGES

À ton avis, que ressentent ces extraterrestres?
Dessine-leur un visage qui démontre leur émotion.

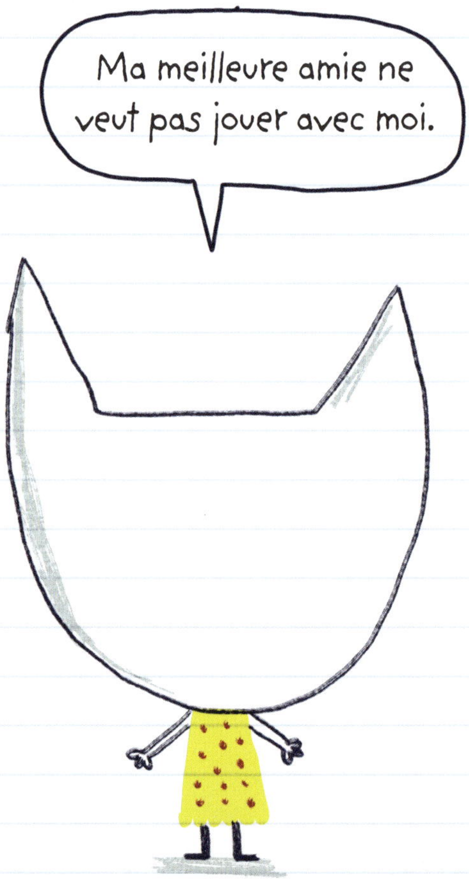

AAAAH! Il y a un scorpion sous mon lit!
Je n'ai pas fait mes devoirs. Mon professeur était très fâché.
Je ne veux pas aller à l'école aujourd'hui.

La danse des crayons

Quelle est ta chanson préférée? Comment te sens-tu quand tu l'écoutes? Imaginons que cette chanson donne à ton crayon envie de danser. Laisse-le dessiner sur la page en suivant la musique.

Quand j'écoute ma chanson favorite, mon crayon fait des zigzags. Il est tout excité!

Ma chanson préférée rend mon crayon rêveur.

ta chanson

BANDES DESSINÉES

Regarde, ces BD ne sont pas terminées. J'aimerais savoir ce qui va se passer!

Peux-tu inventer la suite?

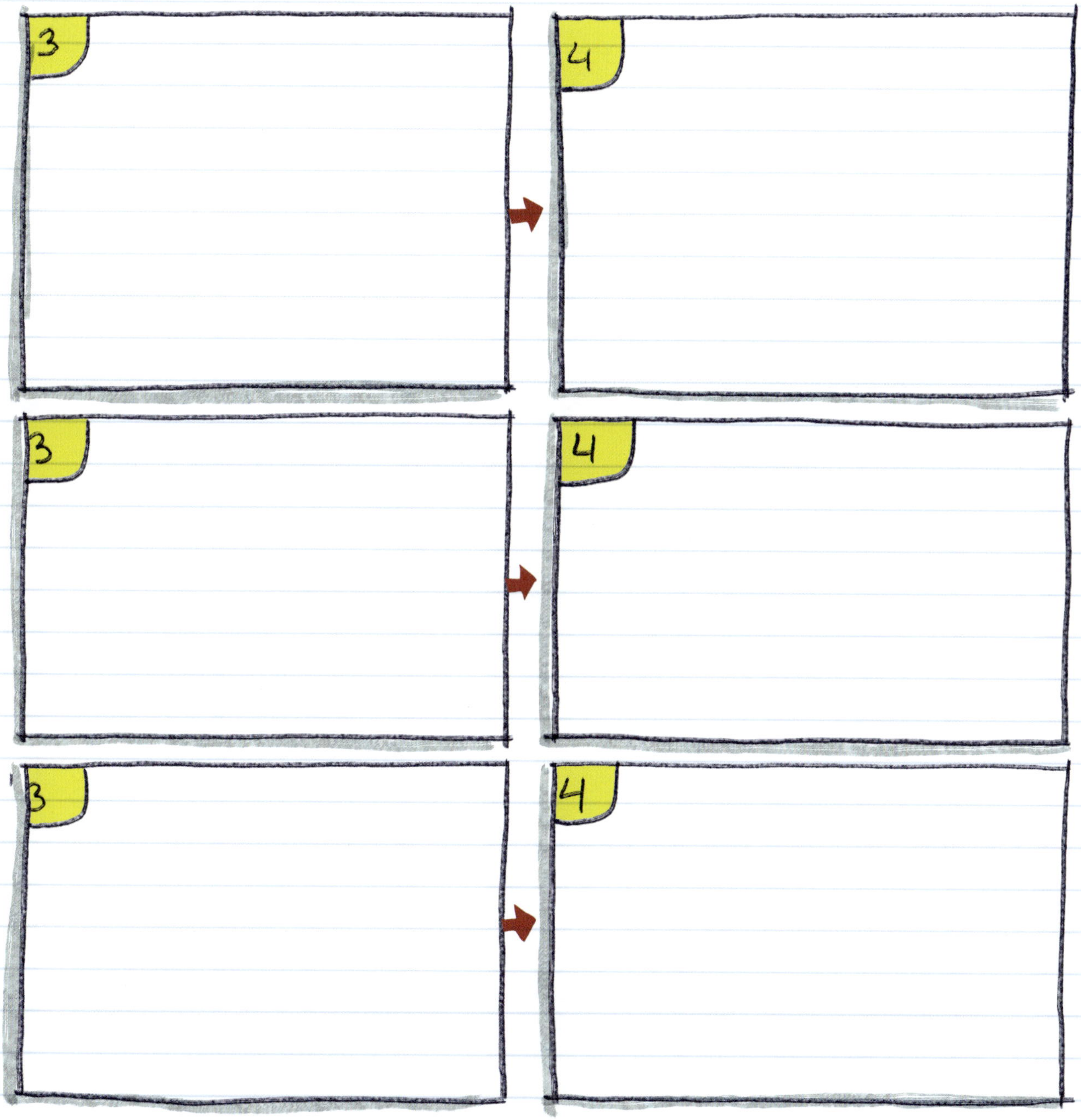
3
4
3
4
3
4

CHERCHE LA PETITE BÊTE

DESSINE TES PETITES BÊTES

J'ai des petites bêtes qui ________________ aujourd'hui.

LES BULLES

Regarde les extraterrestres. Sais-tu ce qu'ils ressentent? Sais-tu pourquoi? Écris dans les bulles ce qu'ils disent.

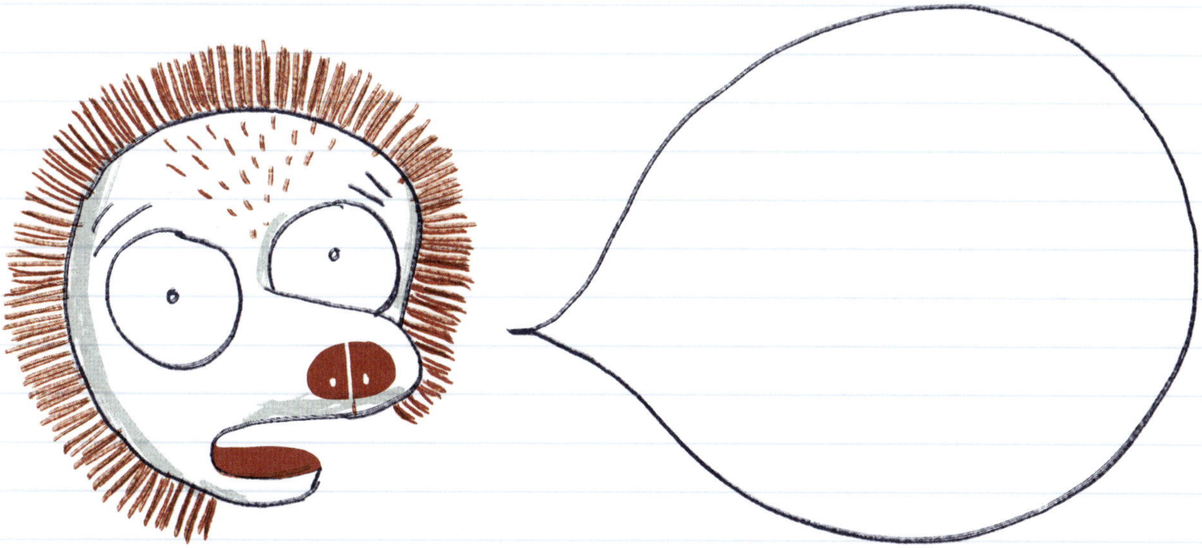

La tête pleine

Je pense à trop de choses en même temps! Des millions de pensées se bousculent dans ma tête.

J'ai une idée! Écrivons tout ça!

Je m'ennuie de ma grand-mère.

Est-ce que je devrais appeler un ami?

Pourquoi est-ce qu'il pleut?

Fais un dessin de TOUT ce qui te passe par la tête en ce moment même. Ne t'arrête pas pour réfléchir, dessine!

TON ALBUM de photos

Un lundi matin

Quand quelqu'un se moque de toi

Quand tu as fait une bêtise

Quand ton professeur te donne un « A »

Quand tu vas voir ta grand-mère

Quand tu as brisé ton jouet favori

Quand tu tombes devant tout le monde

PRÉVISIONS MÉTÉO

Quel temps fait-il dans ton cœur aujourd'hui? Il pleut ou il fait soleil? Il y a du vent? Est-ce qu'un orage se prépare? Dessine ta météo ici!

DES NUAGES COLORÉS

Imagine que tes pensées sont des nuages qui passent dans le ciel de ta tête. Quelles formes ont-ils? De quelles couleurs sont-ils? Tes nuages sont-ils gros et lourds? Ou mignons et légers? Dessine-les ici.

Dans ma tête, c'est l'orage aujourd'hui.
Ha ha ha! Mes nuages sont rigolos! Regarde celui-là : on dirait un cochon tout rond!

MA BIBLIOTHÈQUE À MOI

Il faudrait une illustration sur la couverture de ces livres. Dessine ce que tu ressens en lisant ces titres.

DEMAIN C'EST MON ANNIVERSAIRE

J'AI REÇU UNE LETTRE PAR LA POSTE !

J'AI RENDEZ-VOUS CHEZ LE DENTISTE

QU'EST-CE QU'IL Y A À LA TÉLÉ ?

Quel film est à l'affiche dans ta tête aujourd'hui? À quoi penses-tu? Fais un dessin sur l'écran.

Youpi! C'est mon émission favorite : « Je joue avec mes amis! »

MIROIR MIROIR

Regarde-toi dans un miroir. Imagine que tu es un animal. Quelle sorte d'animal serais-tu aujourd'hui? Un écureuil terrorisé? Un rhinocéros en furie? Un chat nonchalant? Un singe excité? Un paresseux endormi? Dessine cet animal dans le miroir, puis décris comment il se sent aujourd'hui.

Regarde ailleurs, vilain lapin!

TON

ANIMAL!

DEVINE COMMENT JE ME SENS

Tu peux faire ce gribouillis avec un ami ou un de tes parents. Dessine ton visage en essayant d'exprimer ton émotion. Par exemple, si tu es triste, dessine des larmes. Si tu es en colère, dessine des éclairs. Si tu as peur, fais-toi de gros yeux.

TOI

Ensuite, demande à ton ami de deviner ton émotion en regardant le dessin. Ton ami pourra faire un dessin ci-dessous. Ce sera à ton tour de deviner!

TON AMI

GRIBOUILLE TES RÊVES !

À PROPOS DE L'auteure

Après avoir fait des études de design graphique à Montréal en 2000, **Elise Gravel** s'est rapidement découvert une passion pour l'illustration. Depuis *Le catalogue des gaspilleurs*, son premier livre pour enfants, l'inspiration ne la quitte plus. Elle en a écrit et illustré une vingtaine. Avec humour et un fort penchant pour l'absurde, elle parodie le monde de la publicité, de la mode, de la restauration rapide et du consumérisme. Elle encourage les enfants à regarder d'un œil critique les problèmes sociaux qui les dérangent et à s'en moquer. En 2012, elle a remporté le Prix du Gouverneur général, décerné par le Conseil des arts du Canada pour son livre *La clé à molette*. Son roman illustré *Jessie Elliot a peur de son ombre* a gagné le prix jeunesse des libraires du Québec, catégorie 12 à 17 ans (Québec), en 2015 et s'est classé en 1re position au Palmarès Communication-Jeunesse 2015-2016, catégorie 9 à 11 ans.